तुम्हारे लिए

तुम्हारे लिए

अंजलि अस्थाना

प्रलेक प्रकाशन

प्रलेक प्रकाशन

PRALEK PRAKASHAN

(an Imprint of "PRALEK PUBLISHING HOUSE PVT. LTD.")

मुख्य कार्यालय : 702, जे-50, ग्लोबल सिटी, विरार (वेस्ट), मुम्बई, महाराष्ट्र-401303

दिल्ली एनसीआर कार्यालय : 03/सी, ज्ञानखण्ड-4 इंदिरापुरम गाजियाबाद, उ.प्र.-201014

बनानस कार्यालय : 02, उर्मिला प्रेम सदन, नासिरपुर, वाराणसी, उ.प्र.-221005

Email : pralek.prakashan@gmail.com

Website : www.pralekprakashan.com

दूरभाष : +91 7021263557

तुम्हारे लिए

-अंजलि अस्थाना

Tumhare Liye (Poetry Collection)
by Anjali Ashthana

ISBN : 978-93-58698-33-6

प्रथम पेपरबेक संस्करण : 2025

आवरण एवं पुस्तक सज्जा : प्रलेक स्टूडियो

(प्रलेक प्रकाशन का लोगो मिक्की पटेल की तुलिका से)

तुम्हारे लिए

अंजलि अस्थाना

प्रलेक प्रकाशन

प्रलेक प्रकाशन

PRALEK PRAKASHAN

(an Imprint of "PRALEK PUBLISHING HOUSE PVT. LTD.")

मुख्य कार्यालय : 702, जे-50, ग्लोबल सिटी, विरार (वेस्ट), मुम्बई, महाराष्ट्र-401303
दिल्ली एनसीआर कार्यालय : 03/सी, ज्ञानखण्ड-4 इंदिरापुरम गाजियाबाद, उ.प्र.-201014
बनानस कार्यालय : 02, उर्मिला प्रेम सदन, नासिरपुर, वाराणसी, उ.प्र.-221005

Email : pralek.prakashan@gmail.com
Website : www.pralekprakashan.com
दूरभाष : +91 7021263557

तुम्हारे लिए
-अंजलि अस्थाना

Tumhare Liye (Poetry Collection)
by Anjali Ashthana

ISBN : 978-93-58698-33-6
प्रथम पेपरबेक संस्करण : 2025

आवरण एवं पुस्तक सज्जा : प्रलेक स्टूडियो

(प्रलेक प्रकाशन का लोगो मिक्की पटेल की तुलिका से)

तुम्हारे लिए

"यहाँ न छल है
न झूठ
न दुनिया का कोई लेने-देन
घोर तमस में भी
ज्योति की किरणें सहेजी हैं
तुम्हारे लिए"

समर्पण

जीवन एक यात्रा की तरह है।
कविताएं भी उसी यात्रा की देन रहीं।
इस कविता-यात्रा में मेरे पति करुणा शंकर
पूरे मन से साथ चलते रहे। अच्छा लगा।
साथ ही लगभग हर कविता में साक्षी के आगे उसके बच्चे हैं,
वो युवा-मन है जिसे हमारी पीढ़ी ने बहुत प्रेम से सहेजा नहीं।
इसलिए ये कृति समर्पित है मेरे इन्हीं बच्चों को।

विषय-सूची

1

मेरे दोस्त

मेरे दोस्त
कुछ भी हो जाए
खुद को बचाए रखना,
मैं जानती हूँ
यह थोड़ा कठिन होगा;
बाहर बहुत हलचल है
तुम्हारे पैरों–तले ज़मीन
ग़ायब करने की साज़िश हो रही है;
धीरे–धीरे बहलाते हुए
बाहर खदेड़कर
तुमसे आसमान भी छीन लिया जाएगा
यही सुगबुगाहट है।
ये सारे टिक–टिक करते खिलौने
जिनकी चमक दिखाकर
तुम्हें बहलाया जाता है

असल में 'बरगलाया' जाता है,
ये तुम्हें इतना बूढ़ा और लाचार बना देगें
कि चलने लायक ही न बचो तुम,
फिर धीरे से किसी 'मशीन' में बदलकर
तुम्हें अपने नए 'आविष्कार' के रूप में
'पेटेंट' करा लेगें,
फिर जब तुम्हारे पास
न जमीन होगी
न आसमान
वे मज़े से चलाएगें तुम्हें
अपने हाथ में
तुम्हारा 'रिमोट' लेकर।

तुम्हें पता नहीं
कि जिन दर्पण को देखकर
तुम अपना 'आपा' संवारने निकल जाते हो
अपने ही घर से
वो तुम्हें न जाने कब से
'उल्लू' बना रहे हैं;
और जो 'कॉस्मैटिक'
तुम्हारे चेहरे को निखारने का दावा कर रही है
दरअसल ये उनका 'बिजनेस' है
ये सब तुम्हें खरीद लेगें
और बदले में दे देगें

एक काला और धब्बेदार चेहरा
जिसे तुम पहचान नहीं पाओगे।
इसीलिए कह रही हूँ
कि अपनी उम्र की लगाम
किसी के हाथ में मत जाने देना
इन रंगबिरगें शीशों के हाथ में तो बिल्कुल नहीं।

मुझे पता है
भूख कई बार
खुद से बड़ी हो जाती है
जीवन उस पार से
कितना भी दरवाज़ा खटखटाए
पर इस पार की आवाज़ें
कुछ सुनने ही नहीं देतीं,
गाड़ी कोई भी हो
बस मंज़िल तक पहुँचा दे
देखते ही देखते बौनी हो जाती है
'ज़िन्दगी',
तभी कह रही हूँ
बहुत कठिन है तुम्हारे लिए
खुद को बचाए रखना।

तुम्हारा घर जबसे कैद हुआ
इन चमकदार चारदीवारों में

तुमने मुस्कराना ही छोड़ दिया।
मैं देख रही हूँ
अपने हँसने की सही वजह
तुम अब तलाश ही नहीं पाते
पर मेरे अच्छे दोस्त
तुम किसी हिटलर से डरकर
हार मत मान बैठना,
सड़क पर हर रोज़
लाठी डंडा और बारूद के बीच
घायल पड़ा 'ईश्वर'
तुम्हें बचाने नहीं आएगा
तुम्हें ही खुद को बचाना है
और फिर हो सके तो
अपने 'ईश्वर' को भी।

OO

2

सवाल

चारों ओर
बहुत गहरा सन्नाटा था
सवाल चूल्हे पर चढ़ी बटोई में
खुदबुदाने लगे थे,
एक दूध पीती बच्ची ने
अभी–अभी
गटर में दम तोड़ दिया
अगली सुबह
एक और घटना
बिक गयी रद्दी के भाव,
वे सब कल के सूरज थे
जिनके सपनों को बोरी में भरकर
बेच दिया तुमने
बीस रुपए किलो के हिसाब से,
हमने तो बहुत करीब से देखा है

उनके यहाँ–
डायनिंग टेबल पर कई रंगबिरंगें सपनों को
गुलदस्ते में सजा हुआ,
कई उलझे हुए सवाल तो
'आर्ट गैलरी' से निकलकर
सीधे उनके 'ड्राइंगरूम' में सजे थे
'मार्डन आर्ट' की तरह,
कुछ सवाल तो पुरस्कृत भी हुए थे
सुना है इस बार की 'कल्चरल मीट' में
मुद्‌दा बनने वाले हैं
किसी बड़ी बहस का,
मैं हैरान नहीं थी
कोई भी हैरान नहीं था
सवालों के उस 'फेस्टिवल' में
ऐसे कई सवालों पर
कोई सवाल नहीं था।

OO

3

यात्रा

यात्राएं जब समाप्त हो जाती हैं
तो चलता क्या रहता है...?
और यूं चलते रहना
कहाँ पहुँचा देना चाहता है...?
मैं लगातार देख रही हूँ
यात्राओं को मरते हुए
और मरी हुई यात्राओं के ढ़ेर पर
आदमी को पैदा होते हुए,
मैंने कई बार
ये भी देखा है
कि लोग यात्राओं के स्थान पर
अपनी उम्र को फैला देते हैं
और लोग उनपर चलते हैं,

मुझे अभी भी–
कई रास्तों पर मतिभ्रम होता है
और चौराहों पर दिशाभ्रम,
मैं अधूरी छूटी हुई यात्राओं से बहुत बचती हूँ
बल्कि भागती हूँ,
और उनसे भी–
जो बिना किसी यात्रा के चलते चले जाते हैं,
मुझे पता है
कि एक पूरी भीड़
जो अपने मुकाम को हांसिल किए बैठी है
उसके पास सिर्फ एक मुकाम है
कोई यात्रा नहीं।

यात्राएं सभी रास्तों को
छोटी–छोटी गलियों को
राजमार्गों को
अपने से जोड़कर चलती हैं
और कभी समाप्त नहीं होती।।

OO

4

अथक

अपनी इच्छाओं को
अपनी आखों में लिए
तुम थकना मत,
न ही उसके विरुद्ध छेड़े गए
किसी संघर्ष से घबराकर
हार मान बैठना,
हो सके तो उन्हें
किसी पुष्प में बदलने का
मंत्र सीख लेना,
खासकर तब तो जरूर
जब सघन वृक्ष भी–
तुमसे अपनी छाया का मूल्य मांगने लगे हों...,
सुनो–
ये पूरा एक 'सूनियोजित इतिहास' है
इसे विनत भाव से पढ़ कर

एक ओर सरका देना,
तब तुम देखोगे
कि तुम्हारी इच्छा के ये पुष्प
महक उठेगें,
कोई सीमा नहीं है तुम्हारे लिए
इसलिए कोई इच्छा भी
अन्तिम नहीं,
तुम पहुँचना चाहो
तो पहुँच सकते हो
वहाँ तक...
जहाँ तुम्हें कोई स्थगित न कर सके।।

OO

5

सम्मोहन

जैसे खुद में ढूंढ़ना
अपने उस बचे हुए को
आसान नही था,
वैसे ही आसान नहीं था
तुममें ढूंढ़ पाना
अपने लिए उस बची हुई जगह को,
हममें, तुममें
इसमें, उसमें, सबमें
कुछ–कुछ खोया हुआ था,
बड़ी बैचैनी सी थी,
अंधेरे में प्रतिक्षारत चेहरों पर
कई तस्वीरें लटकी हुई थीं
अपने–अपने धर्मों की,
अपने–अपने गुरुओं की,
साधु की, सन्यासियों की,

कई दार्शनिकों और विचारकों की भी,
चेहरे लगातार दौड़ रहे थे
एक के पीछे एक
इतनी तेज़
कि उनके दौड़ने का शोर
बची हुई उम्मीदों को डरा रहा था,
उनके भागते हुए पैरों की धूल
आंखों को धुंधला रही थी,
किसी के भीतर किसी को पाने की इच्छा
लगातार कम हो रही थी,
लगातार कम हो रही थी
खुद में बची हुई
थोड़ी सी ज़िन्दगी।

OO

6

नासमझ

जीना–
सिर्फ अपने लिए था
और मरते चले गए,
मरते चले गए
उस 'अथाह' के लिए
जिसकी कोई 'थाह' ही नहीं थी,
न जाने कैसे 'मृत्यु का सुख'
इतना बड़ा हो गया
कि जीना ही भूल गए?
भूल गए कि–
वो 'सबकुछ'
जिसे आवश्यकताओं और शिकायतों की
गठरी बनाकर कधों पर उठाए थे
असल में जब खोला
तो खाली ही निकली,

फिर आखिर कौन सा बोझ था?
जिसे लादे हुए
एक पूरी ज़िन्दगी
ऐसे जिया
कि जीना ही भूल गए।।

○○

7

मुक्ति

मैं बचुगीं नहीं
यहाँ–वहाँ, इधर–उधर
कहीं भी नहीं,
तुम जो मुझे इतना प्रेम करते हो
तुम्हारे पास भी नहीं,
मुझे नहीं पता कि–
मेरे पास कहीं कुछ ऐसा है
जो मुझे बचाए रख सकता है
उन तमाम खाली होती जा रही
जगहों के लिए
जिन्हें तुरंत भरा जाना
नितान्त जरूरी है,
पर कुछ तो है
जो हर समय

मुझे सूचित करता रहता है
मेरे बचे हुए कि अनन्त सम्भावनाओं को,
मैं बस इतना चाहती हूँ
कि एकदम सटीक तरीके से फिट हो सके
उन खाली जगहों पर
मेरा 'सबकुछ';
पर फिर भी
तुम देखना
मैं बचुगीं नहीं
इसलिए कि–
बचे रहने की इच्छा से मुक्त हो जाना
धीरे–धीरे कम कर देता है
बचे रहने की सम्भावनाओं को।

OO

8

तुम होते

तुम होते
तो प्रेम करते,
प्रेम करते तो कोई रिश्ता तय होता,
तुम होते
तो देख पाते
कि–
प्रेम की कोई आवाज़ नहीं होती
कोई चेहरा नहीं होता,
कोई जाति नहीं होती
कोई धर्म नहीं होता,
कोई जन्म नहीं होता
कोई मृत्यु नहीं होती,
और सच मानों तो–
कोई ईश्वर भी नहीं होता,

तुम पूरी तरह से होते
तो जरूर देख पाते
कि–
'देह' कितनी सदियों से
एकदम सजीव खड़ी है
प्रेम के 'किरदार' में।।

○○

9

प्रश्न

प्रश्नों को मरने मत देना
मेरे दोस्त!
सांकल खटखटाते ही रहना
तुम वो दिशा हो–
सूरज जिसके दरवाज़े से होकर निकलता है,
सबको तुम ये बता देना
कि जिसे अर्ध्य देकर
वे सब अपने कर्मों का सुफल मनाते हैं
वे अनगिनत नक्षत्र तुम्हारे आकाश में हैं,
चाहो तो –
अब रोक सकते हो तुम
इस सदी के वे हालात
जो आदमी से उसकी 'इच्छा' छीन लेते हैं
जो हर बार यही सोच कर पैदा किए जाते हैं
कि इस बार कुछ दूसरी होगी

उनकी लिखावट, शब्द शैली,
तुम रोक सकते हो उन प्रश्नों को
किसी दूसरी सदी में चले जाने से,
मैं देख रही हूँ
तुम्हारी दृष्टि के आयाम
कोई चश्मा नहीं है अभी
तुम्हारी आँख पर
स्पष्ट देख सकते हो तुम
'नेति' से लेकर 'चरैवैति' तक
यदि जीवित नहीं रख सके
तुम भी इन प्रश्नों को
तो देखना–
एक दिन मर जाएगें
सारे उत्तर

OO

10

परमात्मा तक

कभी–कभी सोचती हूँ
कि–
कौन से धागे से बुनी है
तुम्हारी चादर
जिसके होने की अनुभूति
तुम्हें इतना घेरे रहती है,
कहाँ जाने कि इतनी तीव्र इच्छा पाले है
तुम्हारे अस्तित्व का ये फैलाव?
निरंन्तर कुछ उबलता है तुममें,
कुछ तो है
तुम्हारे आगे
और तुम्हारे पीछे भी
जिसके निमित्त चलते चले जा रहे हो तुम,
हर कुछ तो समझ में नहीं आता

और सबकुछ तो कहे में भी नहीं आता
पर मन करता है
कि एक यात्रा तुम्हारी भी हो
प्रेम से परमात्मा तक।

OO

11

बस यूँ ही

आज फिर सुबह देर से उठा
जल्दी जागकर करुँगा भी क्या?
वही तो करना है
जो रोज़ करता हूँ,
कहीं जाता हूँ
रोटी की तलाश में,
और जाता भी कैसे हूँ
जैसे आत्मसम्मान की खोज में
कहीं निकल रहा होऊँ
अपने ही भीतर से।
ऐसे ही भागता रहता हूँ
इधर–उधर
इसके–उसके

सबके कहने से
थोड़ा सा कुछ
मन का अनुभव करने के लिए,
तुम्हारे पास एक महक आती है
उन सारे फूलों से अच्छी
जो मेरे आसपास
गुलदान में सजे हैं,
इसलिए अभी तुम्हारे पास आता हूँ
कल कहीं और चला जाऊँगा,
मुझे नहीं पता
कि मैं किससे प्रेम करता हूँ
और किस किस से प्रेम करने की सामर्थ्य
मुझमें अभी बची हुई है,

मैं प्यारा हूँ
ऐसा मुझे लोग कहते हैं
पर मैं अबतक जान नहीं पाया
कि—
मुझमें बहुत प्यारा हो क्या सकता है?
पता नहीं क्या खोजने के लिए
मैं रोज़ देर तक
शीशे में अपना चेहरा देखता रहता हूँ

मेरी आखें अब गोल होने लगी हैं

और बाल थोड़ा–थोड़ा सफेद

मैं उम्र के साथ कितनी दूर निकल आया हूँ

बस यूँ ही ?

OO

12

चिन्ता

कई बार मन करता है
कि पूछ ही लूँ
तुम कौन हो?
तुम्हारे अस्तित्व में समाहित
ये इतने सारे लोग कौन है?
ऐसा क्या कहना चाहते हो तुम
जिसे कहने के लिए इतना बोले जा रहे हो?
ये इतने सारे लोग
क्यूँ चले आते हैं तुम्हारे साथ?
तुम आते हो–
तो कभी अकेले क्यूँ नहीं आते?
तुमसे कितनी बातें करनी थीं
पर कभी तुम नहीं मिले
कभी बातें,

सुबह तो बहुत अच्छा था सबकुछ
शाम एक घबराहट सी क्यूँ होने लगी?
डर लगता है
थोड़ी देर बाद
रात होगी
और तुम्हारे भीतर से निकलकर
तुम्हारी कोई इच्छा
जब सोने लगेगी
तब बिस्तर पड़ी तुम्हारी देह
कैसे जी पाएगी?

OO

13

दुआ

ओ मेरे बच्चे!
मैं तुम्हें बहुत प्यार करती हूँ
ये तुम्हें अब हर रोज़ बताने की आवश्यकता नहीं है
खासकर तब–
जब तुम धीरे–धीरे बड़े होने लगे हो
और दुनिया के इन्द्रधनुषीय रंग तुम्हें अभीभूत कर रहें हों,
लेकिन और बहुत कुछ है
जिसे अभी से जानते चलना होगा तुम्हें

ये दुनिया
जो बहुत अच्छी लग रही है तुम्हें अभी
सचमुच बहुत अच्छी है,
पर इसे सदा अच्छी देख पाने की दृष्टि
तुम्हें 'खुद' में पैदा करनी होगी,

तुम बहुत सुन्दर हो अभी
मैं देखती हूँ
पर तुम्हें ये जानना होगा
कि तुम्हारी ये सारी सुन्दरता
तुम्हें खुद को अच्छा करने पर ही निर्भर करेगी,
तुम अब घर से निकलकर
बगल की दुकान तक जाने लगे हो
धीरे–धीरे हाट–बाज़ार से होते हुए
परदेश तक चले जाओगे
बिना मेरी अंगुली पकड़े
पर मेरे लाल
ऐसा कुछ मत खरीदना
जिसके लिए तुम्हें
'खुद' को गिरवी रखना पड़े

तुम चाहो तो
मेरे बाद
ये प्रकृति
बड़ी सहजता से समझा सकती हैं तुम्हें
कि वास्तविक आनंद
मनुष्य द्वारा किए गए
उसके सारे कार्य व्यापार
और उससे मुक्ति तक की यात्रा
तुम पर ही निर्भर है,

मुझे पता है
तुम धीरे–धीरे बहुत कुछ जानने लगोगे
पर उस सबके साथ
तुम्हें इसे भी ठीक से समझना है
कि वो 'बहुत कुछ'
'सबकुछ' नहीं है
और 'सबकुछ' की अनंत सम्भावनाएं
तुम्हें खींचकर ईश्वर तक ले जा सकती हैं,

मेरे बच्चे
इस नित नवीन जगत में
अपने होने को अनुभूत करना
तुम प्रेम करना
और इतना प्रेम करना
कि एक दिन अभिभूत होकर
ईश्वर तुममें लय हो जाय।

OO

14

तलाश

जवाब देना इतना मुश्किल था
कि सवाल ही मिटा दिए गए,
कई सारी इबादतों को
सिरे से ख़ारिज़ हो जाने का डर था
कई सारी दुकानों पर
ताले पड़ जाने के डर ने
हुकूमत ही बदल दी
नियामक कौन है?
कहाँ बसती हैं खुशियाँ?
किसकी आरजू में जिए जा रहीं हैं रूहें?
क्यूँ कगार पर खड़े हुए लोग
चौक्कना करते जा रहे हैं?
क्यूँ थम गई हैं

हाशिए के पीछे से आती हुई आवाज़ें?

सबकुछ का जवाब इतना मुश्किल था

कि–

सारे सवाल की मिटा दिए गए।

○○

15

कर्मफल

तुमने ऐसा क्यूँ लिखा
जिसे तुम खुद ही पढ़ न सको
इतनी बेसब्री काहे की
तुम्हारी अलमारी की सारी किताबों में
जरूरी नहीं
कि वही लिखा हो
जिसे पढ़कर
तुम अपनी रचना करो
कुछ ज़िल्द चढ़ी रंगीन किताबें
पुस्कालय की सजावट भर होती हैं
उन्हें बस रखे रहना था
पढ़ना नहीं
और ऐसे तो बिल्कुल नहीं
कि वे तुमसे तुम्हारी कलम ही छीन लें,

तुम्हारे आस–पास की हर किताब
तुम्हें कुछ पढ़ाएगी ही,
वे सारी किताबें
जिन्हें तुमने ज़िदगी की तरह पढ़ा
वे किताबें ही थीं
ज़िन्दगी नहीं
कुछ अपना लिखने के लिए
पढ़ना होता है
बहुत कुछ वो
जो अनलिखा है।

○○

16

इच्छा

तुम आते हो तो
शाखों पर पत्ते आ जाते हैं
न जाने मुझे ऐसा क्यूँ लगता है
कि भीतर और बाहर का
सारा का सारा विज्ञान
इच्छाओं और अपेक्षाओं का दास है
पेड़ पत्ती और फूलों से
जितना रिश्ता
विज्ञान का है
उतना ही इच्छाओं का भी
मुझे शक होता है
कि मैं कहीं आध्यात्म को भी
इच्छाओं का दास न मान लूँ
मनुष्य के आस–पास तैरती हुई

पूरी दुनिया मुझे
इच्छाओं का ताना–बाना ही नज़र आती है
कभी–कभी तो ईश्वर भी
मेरे भीतर
एक इच्छा की तरह
आता है
और गुज़र जाता है।

○○

17

मरी हुई इच्छाएं

मरी हुई इच्छाएं
कुछ पैदा नहीं करती
जैसे मरे हुए बीज,
सड़ जाते हैं
अपनी ही मिट्टी में
कुछ पैदा नहीं करते।
सुनों–
कहीं हम–तुम भी
किसी मरी हुई इच्छा का परिणाम तो नहीं
मुझे कभी–कभी शक होता है
कि–
कई बड़े–बड़े परिणाम
हमारी कई खूबसूरत इच्छाओं को मार देते हैं

OO

18

मैं

मैं शब्दों के साथ
अर्थ की सगंति बिठा रहा था
तलाश रहा था
ठीक–ठीक हाथ पांव और मुखौटा
जो मुझे खड़ा कर सके
मेरी पूरी तस्वीर के साथ
और मेरे भीतर जो 'जान' थी
तुम सब जिसे 'आत्मा' कहते हो
उसके लिए मैं कोई परम आत्मा ढूंढ़ रहा था
मैं दो मशीनों के मध्य तैयार
एक ऐसा 'सच' था
जो सबकुछ को
'झूठ' की तरह जीने के लिए
तैयार किया गया था
जो नास्तिक होकर

आस्तिक होने की अवस्था में था
जो धार्मिक सम्मोहन
और भौतिक अवसाद की जड़ों को
दीमक की तरह चाट जाने की ज़िद रखे था
जिसने अपना आविष्कार होने से खुद को बचा लिया था
मैं ढूंढ़ रहा था उसे
जो एक बार मरने से पहले
कई बार जीना चाहता था
अपनी पूरी 'ज़िदगी'

OO

19

युवा

अरे!
आज सूरज किधर से निकल आया
सुबह हो गई
और पता ही नहीं चला!
इसीलिए तो मैंने छोड़ दिया
पत्थरों पर प्रेम लिखना
और भगवान भी,
अपने घर को दरवाज़ा बनाकर
चौखट पर
दीप लिखा
भोर लिखा
धूप लिखी
और खिले हुए कमल की पखुड़ियों पर
'ज़िन्दगी' लिख दी

ताकि–

सूरज के निकलने की सही दिशा
और सलीका जान सकूं
घर के हर कोने से
अंधेरे को बहारकर
संभालकर रख दी 'बढ़नी'
कि कभी
उम्र के साथ बूढ़ी होती आंखें
अगर सपना देखे
जवान होने का
तो मैं उन्हें
बच्चा भी बना सकूं
अपनी ही कोख से जन्मा
और फिर देखूं
जिज्ञासा से भरी हुई
उसकी नन्हीं नन्हीं
दो आंखें

○○

20

लौटना

मुझे लगता था
कि जाने वाले लौटकर आते हैं
गई रात लौट आती है
हरे पत्ते लौट आते हैं
फूलों में खुशबू, मधुमक्खी का छत्ता, आम के बौर
और बड़े बाबूजी का बेटा
एक दिन सब लौट आएगें,
क्या–क्या चला गया है?
और क्या–क्या लौटकर आ जाएगा?
तुम्हें याद है?
कौन से खत में लिखा था तुमने
अपने लौटने की तारीख और समय?
सब लौट आएगा एक दिन
आंचल की सिलवटें

ओढ़नी का लाल रंग
और दोपहर वाली गर्मी
सबकुछ।
मैंने देवों से सुना है
कि बुढ़ापा भी नहीं आता कभी
न जर्जर होता है कुछ
अन्त में नहीं होता कोई अन्त
न प्रारंभ में कोई प्रारंभ
सबकुछ गति है एक
इस ओर से उस ओर तक की
बस।
पर कुछ तो है
जो चला जाता है
और लौटकर नहीं आता फिर कभी
न इच्छा में
न अपनों में
न सपनों में।।

OO

21

देखना

सहज नहीं है
देखते हुए को देखना,
देखना
और विनत भाव के साथ सबकुछ होने देना,
सबकुछ होने देना एकदम बे–आवाज़,
बहुत खीझ होती
जब खट–खट करता शोर
बार–बार तोड़ देता है
मधुर सपनों को,
कई बार भोर से पहले ही
चुकता हो जाती हैं नींदें
ऐसे जैसे होश ही उड़ जाए,
बिल्कुल अच्छा नहीं लगता
दीवारों का भीतर ही भीतर टूट टूटकर गिरना,
कंकड़ी चुभती है पैरों को

और धुंध आखों को,
ये सबकुछ चुपचाप सहते रहना
एकदम सहज नहीं है,
कई बार रेशमी पर्दों की झिलमिल
ढोल–नगाड़ों की आवाज़
रचे–बसे जीवन की व्यस्तता
कानों को बे–आवाज़ कर देती है
और मन को बे–असर
टूटते हुए दरवाज़ों की चरमराहट
आवाज़ों के शोर में गिरकर कुचल जाती है,
अपनी मिट्टी की गन्ध को
महक में बदलकर महका लेना,
अपनी बूँदों को सागर में मिलाकर लहरा लेना,
हाँ सहज तो नहीं है–
इस तरह से देख पाना
किसी देखते हुए को।।

OO

22

ज़िद

और अब
असम्भव सी एक ज़िद थी
जो पूरी होने की इच्छा पर निर्भर थी
तुम्हें अब मेरे शब्दातीत को गुनगुनाना था
शब्दों के उस पार जा चुके अर्थों को
शब्दों के इस पार लाना था
दलान, खिड़की, बैठका, चौबारा,
महल दुमहला
सबकुछ देना था
बस एक दहलीज़ को छोड़कर,
अपनी पूरी स्वभाविकता के साथ जीते हुए
मुझसे प्रथक
मेरी सत्ता में प्रवेश करते हुए
तुम्हें
इस तरह
मेरा मुझको लौटाना था।

OO

23

नियति

बहुत दोपहर तक सोए थे
इसलिए
बहुत रात तक जगना था,
थकना–
जो कई बार हार जाने जैसा था
सहना था,
उठना–बैठना
बार–बार करवट बदलते हुए
जिन बातों को कभी नहीं सोचा–
सोचना था,
और जिसने चक्रव्यूह सा घेर लिया था
उस काले अंधेरे से
धीरे–धीरे खुद को
लड़खड़ाकर गिरने या मरने से बचाते हुए
निकलना था,

इस तरह–
एक पूरी हार को
एक पूरी जीत में,
एक पूरी रात को
एक पूरे दिन में बदलते हुए
सूरज के निकलने तक
रोशनी के छिटकने तक
जगना था,
बहुत दोपहर तक सोए थे
इसलिए बहुत रात तक जगना था।।

OO

24

वो आदमी

वो आदमी
ज़िन्दगी की तरह आया था
और तब–
मैंने आँगन में चम्पा के बीज़ बोए थे,
लेकिन सीढ़ियो के शिखर
मुझे बहुत अच्छे लगते थे,
वो अपनी दो बाहों को फैलाकर
आसमान छू लेता
और तीन कदमों में धरती को।
बड़ा अद्‌भुत था वो
इतना कि–
बहुत बड़ी–बड़ी बातों को
बड़ी मासुमियत से कह जाता था,
मैंने तभी–
चाँद बोया था अपने आँगन में,

मैं चम्पा की तरह चाँद को भी सीचती थी
और वो चाँद को सींचते हुए मेरे मुख को,
वो हरदम ऐसी बातें करता था
जैसे किसी रहस्यमय सत्य को दौड़ा रहा हो,
बहुत दिनों बाद
जब हमारे पाँव अकड़ गए
अकड़ी हुई सीढ़ियों की तरह
तब पता नहीं कैसे
मेरा चाँद सूखकर सूरज हो गया
और मैं सूखा हुआ चम्पई फूल जैसे।।

OO

25

बे-होश

अगर चुकता हो गई हों
तुम्हारी नींदें
निर्जीव कर दिया हो तुम्हारी देह को
तुम्हारी पलकों को चूमती परियों ने
तो अब तनिक अपनी आवाज़ को सुनना
अपने स्वर को पहचानना
खूबसूरत या बदसूरत
कैसी भी हो
पर अपनी सूरत को देखना
देखना कि तुम्हारे सर से पैरों तक लिथरती हुई
तुम्हारी मखमली चादर
या–
नदी में कुलाचें भरते
तुम्हारे अनगिनत अंजान चेहरे

बेपरवाह हाथ पैर
कान नाक मुहँ आखें
और अंगुलियाँ
सुन्न होने लगगीं,
तब ज़रा संभलना
पहचानना अपनी टूटती हुई आवाज़ को
पूरी ज़िन्दगी 'शोर' को जीने से अच्छा है
अपनी धुन में चुप रह जाना।

OO

26

बस

मुझे जितना सुना गया
उतनी आवाज़ें नहीं थीं मेरे पास
मेरे पास एक चेहरा था
बना–बनाया
एक रिश्ता था, एक बदन था और तुम थे,
तुम मेरा दरवाज़ा थे
जिसकी ओट से पूरी दुनियाँ को देख लेने की
एक इच्छा थी,
मुझे जब भी खटखटाया गया
मैंने तुम्हें ही खोला
आवाज़ मेरी थी
मगर मैंने तुमको ही बोला
तुम्हारे पास कुंडी थी, ताला था
और मेरे पास
एक
तुम्हारी चौखट।

OO

27

माँ

माँ अभी तक ढूंढ़ रही है
एक घर,
एक कमरा
एक अलमारी
थोड़ी सी जगह
अपने लिए
इधर उधर इसके उसके सबके करीब,
अब सिलने में नहीं आती
उसकी फटी हुई चादर
जिसकी चिंता में
वह बार–बार मांगती है
कभी सूई
कभी धागा
धागा आंख से निकल जाता है
और सूई हाथ से,

वो अब चाय की तरह
कटोरी में डाल कर पीने लगी हैं
अपनी स्मृतियों को
और रोटी की तरह निगल जाती है
अपनी भावनाओं को
बिना चबाए ही
माँ
अब माँ नहीं रही।

OO

28

शक

दरवाज़ा खुला था
और वो
आधुनिक सभ्यता में रचा–बसा
शातिर समाज की चालाकियों से भयभीत
अत्यधिक समझदार
कुंडी की खटखटाता रहा।

OO

29

कर्म

पेड़ को पेड़ होने की इच्छा थी
पेड़ हो गया,
एक दिन वो हरा था
लचीली साखाओं और पत्तियों से भरा था,
फूल थे, फल थे
जो बीजों से भरे थे
वो छोटा था
जो बड़ा हो सकता था
अपने हरेपन की कहानी कह सकता था
थोड़ा फैलकर, थोड़ा गहराकर
थोड़ा मौसम की उलटफेर से टकराकर
अपनी जड़ों को प्रेम की तरह
धरती के भीतर ही भीतर फैलाते हुए

सदियाँ जी सकता था,

पर खो गया।

पेड़ को पेड़ होने की इच्छा थी

पेड़ हो गया।।

○○

30

एक मुक्कमल यात्रा

सिर्फ प्रेम नहीं है
एक मुक्कमल यात्रा है।
सदियों से जिए जा रहे
और साज़िशन गढ़े गए
कई छोटे बड़े सचों के ख़िलाफ
अनवरत एक जंग है,
एक जिद जैसे कोई–
गहरे ध्यान में उतर
उस पार जाने की,
खोज जैसे कोई–
साधना से सिद्धि की ओर,
यहाँ मैं–
कई जिज्ञासाओं से भरी
धीरे–धीरे संभल रही थी

और उधर तुम
कई सम्भावनाओं से भरे
धीरे–धीरे बदल रहे थे,
तब मुझे फिर लगा
कि सिर्फ प्रेम ही नहीं है
एक मुक्कमल यात्रा है।
जिज्ञासा है एक
हर अनबूझे को बूझ लेने की,
शक्ति जैसे कोई
हर नासमझी को सह और समझ लेने की,
एक चुनौती जैसे कोई
निष्कलुष होने की।
इस 'ढाई अच्छर' का अर्थ
प्रेम ही नहीं है मात्र
प्रतिदान है, प्राप्ति का, संपूर्ण को।
तब मैं–
इस पार खड़ी
धीरे–धीरे निद्वंद हो रही थी
और तुम वहाँ उस पार खड़े
धीरे–धीरे निर्विकल्प,
मैंने फिर से दोहराया
कि मात्र प्रेम नहीं है
एक मुकम्मल यात्रा है।

एक दूसरे से निर्लिप्त

एक दूसरे के समानान्तर

निश्चिन्त, निर्द्वंद

इस पार से उस पार तक जाती हुई

एक मुकम्मल यात्रा।

OO

31

दृष्टि

तुम्हारे क्रोध से
बहुत अच्छा है
हमारा प्यार
और तुम्हारी जबरदस्ती से
बहुत अच्छी है
हमारी मीठी हठ
तुम्हारे बहुत तेज़ चीखने पर भी
आवाज़ वहाँ तक नहीं पहुँचती
जहाँ पहुँचने पर
टूटने लगता है मौन,
तुम दौड़कर जिसे पा लेना चाहते हो
वो एक रास्ता है,
कुछ भी स्थायी नहीं बन पाता
तुम्हारे सबकुछ कर लेने के उपरान्त भी

अब हम तुम्हें कैसे समझाएं
उस मन्द–मन्द मुस्कान का अर्थ
जो तुम्हारे यान्त्रिक दिमाग से बहुत अलग है
और मेरे लिए
जीवन की परिभाषा।

○○

32

मुझे जवाब बनने की जिद थी

मुझे जवाब बनने की जिद थी
मुझे पता लग गया था
कि बहुत सारे ज़िन्दा सवालों से
जन्म लेती हैं संवेदनाएं
बहुत सारा आत्मविश्वास
और बहुतों के जीने की सही वजह
इसलिए आज भी
सवालों की टोली में
अक्सर अकेले खड़े होकर
भीतर ही भीतर हरदम
तलाशती रहती हूँ
हर उठ रहे सवाल का
यकीन करा देने वाला
कम्पलीट जवाब
मैं खुद को ज़िदा देखना चाहती हूँ।

OO

33

कहना

तमाम टूटती हुई चीजों को
तुम ऐसे मत देखना
जैसे कोई भी देखता है,
जैसे कोई भी कह देता है
बड़ी सहजता से
कि रोटी जली हुई है,
दाल में नमक कितना ज़्यादा है,
ये दीवारें मजबूत नहीं,
बड़ी कच्ची लकड़ी के हैं
तुम्हारे घर के दरवाज़े,
ये सड़क तो एक बारिश भी नहीं झेल पाई,
सीवर उफना रहा है,
उफ!
अख़बार पढ़ने का तो मन ही नहीं करता,

तुम जब बड़े हो जाना
तो बच्चों को खेलने देना
उनके अपने खेल
तोड़ लेने देना खिड़की के शीशे
ड्रॉइंगरूम का गुलदान
दीवारों पर अपनी पेंसिल से
खींची गई आड़ी तिरछी रेखाओं को
हो सके तो सराहना,
डाँटना मत उन्हें
तुम उनसे भी मत उलझना
जो तुम्हें तुमसे छीन लेना चाहते हों
तुम प्रेम करने देना
अपने जैसे लोगों को
हो सके तो उनका माथा चूमकर
उन्हें प्रेम में होने का वरदान देना
फिर तुम उन्हें आवाज़ देना
उस भावना से
जिस भावना से भगवान होने को
मचलने लगती हैं तस्वीरें
तुम देखना–
देखना कि वो सब
दौड़े चले आएगें।।

○○

34

इच्छा

चाहती हूँ
कि तुम समा लो मुझें
अपनी पत्तियों में नमी की तरह
खिल जाऊँ तुम्हारी टहनियों पर
पुष्प बनकर,
और बिखर जाने पर भी मेरे
महकता रहे तुम्हारा अपनापा,
हाँ–
नदी हूँ
जानती हूँ बह जाऊंगी
पर इतना तो चाहती हूँ
कि बह जाने पर भी
छूट जाऊँ तुममें
कहीं न कहीं
किसी न किसी रूप में इतना

कि–

महकते रहो तुम

नित नव–नवाकुंरों में

युग–युगान्तर तक

अपने इस अलबेलेपन को।।

OO

www.ingramcontent.com/pod-product-compliance
Lightning Source LLC
LaVergne TN
LVHW100336181026
850499LV00039B/1108
* 9 7 8 9 3 5 8 6 9 8 3 3 6 *